LE
BAL DES VARIÉTÉS,

FOLIE-VAUDEVILLE

EN DEUX ACTES,

Par MM. de Saint-Georges et de Leuven;

Représentée pour la première fois, à Paris, sur le théâtre des Variétés, le 28 janvier 1835.

Prix : 1 Fr. 50

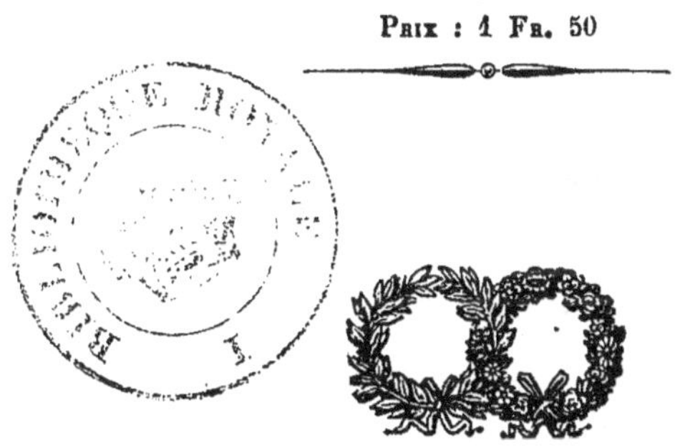

MARCHANT, ÉDITEUR, BOULEVART S.-MARTIN, 12;
BARBA, LIBRAIRE, PALAIS-ROYAL.

1835.

<table>
<tr><td>PERSONNAGES.</td><td>ACTEURS.</td></tr>
</table>

ANTÉNOR DE CÉSANNE, jeune élégant. — M. Daudel.

CORNIQUET, commis dans le magasin de nouveautés des *Deux Magots.* — M. Vernet.

ALBERT DUMONT, commis dans le magasin de *la Frileuse.* — M. Alexandre.

JÉROME LABRICHE, fermier du pays de Caux, oncle de Corniquet. — M. Bosquier.

M. DIDIER, maître d'armes d'Anténor. — M. Prosper.

FRANÇOIS, premier garçon du restaurant Pétron. — M. Adrien.

Mme FABRY, maîtresse du magasin de *la Frileuse.* — Mlle. Pauline.

Claudine LABRICHE, femme de Jérôme Labriche, et tante de Corniquet. — Mlle Flore.

Claire LABRICHE, fille de Jérôme et de Claudine, et prétendue de Corniquet. — Mlle Poucaud.

UN SINGE. — M. Xavier.

Masques de toute espèce. — MM. { George. Hyacinthe. Francis. Bressan. }

UN GARÇON TRAITEUR, — M. Vézian.

ARÉTHUSE, BÉRÉNICE. MÉLINA. CORNÉLIE. } demoiselles de magasin. — Mlles { Dupont. Jolivet. Elisa. Louisa. }

La scène se passe dans un salon du restaurant Pétron, au premier acte, et au bal des Variétés, au second.

IMP. DE J.-B. MEVREL,
Passage du Caire, 54.

LE BAL DES VARIÉTÉS,

FOLIE-VAUDEVILLE.

ACTE I.

Portes au fond et latérales. A droite, une grande table. A gauche, une autre table. Chaises, etc.

SCÈNE PREMIÈRE.

FRANÇOIS, GARÇONS DU RESTAURANT

CHŒUR.

Air : *Tu vas changer de fortune.*

Allons, allons, mes amis dépêchons !..
Car pour le bal on ouvre le théâtre,
Et nous verrons bientôt dans nos salons,
Accourir un' troupe folâtre.

FRANÇOIS.

A chaque bal, Paillasses et Pierrots,
Vous ont vraiment des appétits féroces ;
Les domin s,
Boivent comme de vrais tonneaux,
Les polichinell's s'font d'fier's bosses

CHŒUR.

Allons, allons, mes amis, dépêchons, etc.

UN GARÇON Ainsi, M. François, va falloir encore passer une nuit blanche ?

FRANÇOIS. Comment tu dis, mon vieux !.. est-ce qu'on dort chez Pétron, quand il y a bal chez le voisin... bal au théâtre des variétés !.. voyons, voyons!.. qu'on se réveille... de l'activité, du zèle, visitez les cabinets... mettez les couverts, et dites au sommelier de monter du Champagne... force Champagne, pour rafraîchir les bergères.

CHŒUR.

Allons, allons, mes amis, dépêchons, etc.

Les garçons sortent par la droite, on entend chanter au fond.

FRANÇOIS. Voilà déjà du monde qui nous arrive.

SCÈNE II.

FRANÇOIS , ANTÉNOR , *en pierrot blanc*, DIDIER , *en bourgeois,* Troupe de Pierrots et Paillasses.

ANTÉNOR , *au fond d la cantonnade.* Ohé! ohé! par ici! par ici, les autres! qui m'aime me suivent!

Ils entrent tous.

CHOEUR.

Air : De M. Hypolite Monpou.

Vite , vite , vite , qu'on s'empresse
Plus de tristesse ,
Vite , vite , vite , que l'on s'empresse
Ecoutez-moi...
Cédons , amis , cédons à notre ivresse !
Vite , vite , vite , vite , que l'on s'empresse !
Voilà ma loi.

FRANÇOIS. Eh! c'est monsieur Anténor!.. je me disais tout à l'heure , c'est drôle que nous n'ayons pas encore aperçu M. Anténor, aujourd'hui... lui qui ne manque pas un seul bal des Variétés... et qui vient toujours à l'avance s'assurer de ce salon.

ANTÉNOR. Eh! bien , tu vois...me voilà, j'arrive, moi et ma bande ; qu'on plume les perdreaux et qu'on frappe le Champagne.

FRANÇOIS. Oui, oui... mais où vous mettrai-je, cette nuit... vous et votre bande... tous les cabinets particuliers sont retenus.

ANTÉNOR. Ce salon ne l'est pas ?

FRANÇOIS. Si fait... si fait , il a été pris tout à l'heure par un monsieur qui a commandé un souper fin pour lui et sa société.

ANTÉNOR. Eh! bien , il sera mangé par moi et la mienne... ça n'est pas pour rien qu'on nous appelle la bande des dévorants... n'est-ce pas mes amis ?

TOUS. A nous le salon.. à nous le souper !..

ANTÉNOR. Tu vois, il s'agit de manger, il y a unanimité compacte.

Air de la Sentinelle.

Dans ce salon, à table réunis,
Par mon adresse et par droit de conquête,
Nous mangerons, exempts de tous soucis,
Le fin souper qui pour l'autre s'apprête ;
Cela se fait, c'est la mode vraiment,
Et, quant à moi, je la trouve parfaite,
Au ministère, au restaurant,

Toutes les places à présent,
On les enlève à la fourchette!

TOUS.

A la fourchette!
Enlevée! enlevée la position!..

SCENE III.

Les Mêmes, ALBERT.

ALBERT, *entrant par le fond.* Garçon! garçon! y a t-il de la place ici?..

FRANÇOIS. Ah! ben oui, de la place. (*Montrant Anténor et ses amis.*) Demandez à ces messieurs...

ANTÉNOR, *envisageant Albert.* Eh! c'est Albert!

ALBERT, *de même.* Anténor!.. mon camarade de classes!

ANTÉNOR. Mon Pylade de Ste-Barbe, que j'ai perdu de vue en perdant mon latin.

ALBERT. Vive le bal des Variétés qui nous réunit!

ANTÉNOR. Que fais-tu ce soir? es-tu seul ici?

ALBERT. Tout seul... pour le moment.

ANTÉNOR. Alors, tu es des nôtres, tu danses avec nous... tu soupes avec nous, tu te grises avec ;nous tu feras connaissance avec tous mes amis, de bons enfans... et distingués. (*Les désignant successivement.*) Arthur de Bermoy, fils d'un député, en paillasse ; Jules Durand, substitut du procureur du roi, autre paillasse ; Alfred Cernoy, maître des requêtes, paillasse; Ernest Delby, sous-préfet, paillasse! aux hannetons prochains, il aura une préfecture.

Air : *Bataille!*
Paillasses, *bis.*
Voilà ce qu'on trouve partout,
Paillasses, *bis.*
Sont de bon goût.
Jadis ces messieurs sur les places
Faisaient leurs tours de passes-passes ;
Mais, dans le plus brillant salon,
Même aux chambres, donnant le ton,
Maintenant que voit-on ?
Paillasses! *bis,* etc.

Admirez ce grand personnage,
Changeant de masque et de langage,
Il a sauté dans tous les sens
Pour cinq régimes différens ..
Et les a mis dedans!..
Paillasses! *bis,* etc..

ALBERT, *montrant Didier qui se promène au fond.* Et quel est ce monsieur, en bourgeois?

ANTÉNOR. Oh! celui-là c'est différent; il ne se déguise jamais, et il gesticule mieux qu'il ne parle, c'est notre maître à tous... une... deux...

Il se met en garde.

ALBERT. Un maître d'armes!

ANTÉNOR, *baissant la voix.* Comme tu dis; je le mène à tous les bals masqués; il ne me quitte pas d'une minute.

ALBERT. Il est donc amusant?

ANTÉNOR. Du tout... mais il connaît à fond les règles du duel; il m'éclaire de sa vieille expérience dans les affaires délicates.

ALBERT. Ah! ça, l'on m'a dit que tu avais fait un héritage magnifique?

ANTÉNOR. Oui, mon cher; ton pauvre ami, est affligé d'une cinquantaine de mille livres de rente.

ALBERT. Et que fais-tu?

ANTÉNOR. Je les mange; cela me donne beaucoup d'occupations, je t'assure; j'ai un hôtel, ici en face, des chevaux, des voitures, *(A demi-voix.)* une maîtresse, *(Haut.)* trois lévriers, et six perroquets... enfin... une collection d'animaux rares et curieux... sans me compter, car je m'occupe un peu d'histoire naturelle, pour me distraire; tu auras sans doute remarqué à mon balcon, un ours qui a long-temps fait le bonheur de tous les badauds du boulevart.

ALBERT. En effet, qu'est-il devenu?

ANTÉNOR. Je m'en suis défait pour un singe admirable de la grande espèce, un jocko, adroit et spirituel comme l'était Mazurier; il ne lui manque que la parole... j'avais envie de l'amener ce soir au bal des Variétés... il n'a pas besoin de se déguiser, lui.

ALBERT. Quelle folie! un singe véritable.

ANTÉNOR. On le prendrait pour un masque, et ça pourrait devenir drôle! il faut bien rire un peu en carnaval, et Dieu merci, en fait de plaisirs et de bals, je n'ai que l'embarras du choix.

Air : Je suis colère et boudeuse.

Dans tous Paris quelle fête,
C'est un élan général,
On n'a qu'un plaisir en tête
C'est le bal, toujours le bal.
Bal à l'Opéra-Comique,
Et bal au grand Opéra,
Bal au théâtre Naûtique...
Qui n'est pas plus frais pour ça.

> Des théâtres que je quitte,
> Je n'ai qu'à prendre au hasard.
> Nous avons les bals Lafitte,
> Nous avons les bals Muzard.
> Nulle part on ne s'en passe
> Chez les grands pas plus qu'ailleurs,
> A présent, dans chaque classe,
> Nous avons tant de sauteurs !
> Ah ! quel siècle inconcevable
> Que le siècle où nous vivons,
> En ronds et d'un air aimable,
> Nous bondissons, galoppons !
> Toutes les nuits, on s'en donne
> Chacun veut se trémousser
> Et, malgré tout ça, personne
> Ne sait sur quel pied danser.

Mais le bal que je préfère, c'est celui des Variétés. là, il n'y a pas de loterie, de hasard, chacun à son lot de plaisir ! aussi, dès le premier bal, on m'y voit accourir, je m'en donne à corps perdu pour toute l'année ; plus de cravatte empesée, de gilet corsé, de pantalon sérré, de bas à jours et de souliers étroits, un costume de pierrot, bien simple, bien large, sous lequel le cœur bat à l'aise ; en guise de claque, un bonnet de fou ! et avec tout cela une bonne et vive gaîté de peuple, que nous alimentons le plus long-temps possible par le vin de Champagne, les farces et le galop... voilà comme nous menons la vie !

ALBERT. Ma foi, moi, je ne la mène pas si bon train ; orphelin, sans fortune, je me suis mis dans le commerce, et je suis premier commis d'un magasin de nouveautés... *à la Frileuse.*

ANTÉNOR. Je connais... je connais... diable ! la maîtresse du magasin est une veuve charmante que j'ai rencontrée quelque fois... Madame Fabry.

ALBERT. Justement... je dois la retrouver ce soir au bal des Variétés, avec toutes ses demoiselles de boutique, en pierrots.

ANTÉNOR. Tu veux dire en pierrettes.

ALBERT. Elle n'a pas voulu venir avec moi, pour ne pas faire jaser le quartier... elle se rend ici avec un original... une espèce de fat sans conséquence.

ANTÉNOR. Allons, je vois que *la Frileuse* te tient au cœur.

ALBERT, *vivement.* Elle serait tout pour moi... sans une jeune personne charmante, qu'il y a un an, je voyais à la pension de ma sœur, et qui en est partie sans que je puisse savoir ce qu'elle est devenue...

ANTÉNOR. Tu me présenteras à ta veuve et à son magasin de demoiselles. (*Appelant.*) François !..

FRANÇOIS, *s'approchant.* Monsieur.

ANTÉNOR. N'oublie pas de mettre douze couverts ici. .

FRANÇOIS. Mais, M. Anténor, puisque je vous dis que ce salon est retenu par un monsieur... et même un monsieur qu'est bien drôle, avec une figure et un air tout-à-fait cocasses... tenez, voilà sa carte.

ANTÉNOR, *la prenant et lisant.* Oh! délicieux! impayable!.. c'est lui... toujours lui...

FRANÇOIS. Est-ce qu'il est de la bande ?

ANTÉNOR. Eh! sans doute, c'est un ami... (*Bas à Albert.*) Un imbécille... que je mystifie sans relâche depuis un an.

FRANÇOIS. Alors, M. Anténor, soyez tranquille, le repas sera soigné... laissez faire.

ANTÉNOR. Des truffes partout... et nous, mes amis, allons, en attendant, prendre nos billets...ici, le rendez-vous général.

Reprise du chœur.

Vite, vite, vite qu'on s'empresse,
Plus de tristesse,
Vite, vite, vite, vite que l'on s'empresse,
Il faut, ma foi,
Céder, amis, à notre douce ivresse ;
Vite, vite, vite, vite que l'on s'empresse,
Suivez ma
Suivons sa loi !

Ils sortent tous par le fond.

SCENE IV.

FRANÇOIS, *puis* CORNIQUET.

FRANÇOIS, *seul.* Sont-ils gais, sont-ils joviaux!.. ma foi je suis content que ce salon soit pour M. Anténor... il fait toujours des farces à ceux qui sont bêtes, et ça me réjouit singulièrement.

CORNIQUET, *entrant par le fond ; il est habillé ridiculement, à la dernière mode, et avec un chapeau bosselé et écrasé sur sa tête.* C'est une horreur! une infamie! c'est un guet-à-pens!

FRANÇOIS. Ah! c'est vous, monsieur, vous avez rencontré vos amis ?..

CORNIQUET. Mes amis ?.. je n'ai pas d'amis ici... je viens de me trouver face à face avec une affreuse bande de pierrots...

FRANÇOIS. Qui vous ont donné des coups de bec...

CORNIQUET, *vivement.* Qui m'ont donné des coups de poings, des coups de coude, des coups de toutes les façons... les infâmes!.. ils ont joué à la balle avec moi... comme les diables avec St-Antoine...vois mon chapeau, peluche de soie, de onze francs cinquante.. le voilà bien retapé!.. c'est du gentil, c'est du propre... malhonnêtes!..

FRANÇOIS, *riant*. Laissez donc! puisque vous êtes de leur bande ; puisque c'est pour eux que vous avez retenu ce salon.

CORNIQUET. Par exemple! les cheveux m'en dressent sur la tête... je parie que c'est encore un tour de ce grand pierrot, qui me persécute à tous les bals des Variétés... décidément ce pierrot blanc, c'est ma bête noire.

FRANÇOIS. M. Anténor... vous le connaissez?

CORNIQUET. Si je le connais!..cet être-là est mon cauchemar; il ne me laisse pas respirer, depuis le jour fatal, où il m'est apparu, au sein du tranquille magasin, *des Deux-Magots*... dont je suis l'un... des commis...

FRANÇOIS. Ah !.. c'est *aux Deux-Magots* ?...

CORNIQUET. C'est *aux Deux-Magots*... voilà comme j'en ai fait la connaissance : «Monsieur, me dit-il un jour, en entrant au magasin, d'un petit air délibéré... je voudrais parler à monsieur votre frère»... je n'ai pas le moindre frère... je lui dis : « Monsieur, je n'ai pas ce que vous me demandez... je n'ai pas de frère. » —«Alors, monsieur, faites-moi parler à votre associé.» — «Monsieur, je n'ai pas d'associé ! » — je n'avais pas besoin d'aller dire à cet homme que je suis commis ; je lui dit tout bonnement; « Monsieur je n'ai pas d'associé! je suis tout seul ; » et c'était la vérité , le patron était sorti et les autres commis étaient en course. « Je suis seul et unique ».. voilà un homme qui entre en fureur et qui me dit : « Alors, monsieur, vous trompez le public! ôtez votre enseigne !» — «Pourquoi donc ça, monsieur? » — «Puisque vous êtes seul, vous ne devez pas mettre *aux Deux-Magots*!..» C'était une amère ironie, je te demande un peu si j'ai l'air...

FRANÇOIS, *riant à part*. Eh! eh! eh! eh !

CORNIQUET. Eh bien ! depuis ce temps-là, je le retrouve partout... dans la foule, au spectacle, en omnibus... et ce vampire voudrait encore s'emparer de mon salon !.. ah ! ah! nous allons voir... je me révolutionne à la fin... j'ai retenu ce salon... je suis l'autocrate de ce salon... et personne n'y mettra le pied, excepté moi, et la femme charmante qui m'attend en bas dans deux citadines.

FRANÇOIS. Comment, dans deux citadines?

CORNIQUET. Oui, avec sa société.

FRANÇOIS. Ah !.. vous êtes donc un farceur, vous?..

CORNIQUET. Tu ne le vois pas à mon physique , animal ?..

oui, oui... on m'attend en citadine... avant de monter ici,
on veut être sûr qu'il n'y a personne... on craint tant d'être
reconnue.

FRANÇOIS. C'est donc du grand genre ?

CORNIQUET. Je t'en réponds ; je suis discret... mais je parie-
rais bien que c'est la maîtresse du fameux magasin de nouveautés de *la Frileuse* !.. oh ! du reste femme à principes...
une vraie Lucrèce... que je courtise pour le bon motif, je lui
fais des vers ; si elle veut, vois-tu, j'immole pour elle ma li-
berté, je lui sacrifie même une jolie cousine... ma cousine Labriche, de Labriche, ma prétendue, qui vient d'arriver, ex-
près pour moi, du pays de Caux.. par la patache...

FRANÇOIS. Pauvre petite !..

CORNIQUET. Que veux-tu, je suis un vrai Lovelace, un
scélérat, comme M. Bocage, dans *Angèle.*

Air De Céline.

> Oui, sexe aimable, aimant et tendre,
> C'est à toi de me soutenir;
> Au cou des femm's je veux me pendre,
> C'est le moyen de parvenir.
> Je veux n'employer que leur zèle,
> Pour m'élever, je veux enfin,
> Qu'les femm's me fass'ent la courte échelle...
> Comme à la Porte-Saint-Martin.

Et je m'en vais chercher ma jolie frileuse.

En ce moment, Mad. Fabry, entre par le fond
en costume et masquée.

SCENE V.

**Les Mêmes, MAD. FABRY, ARÉTHUSE, BÉRÉNICE,
MÉLINA, CORNÉLIE;** et deux autres Demoiselles de
magasin, en Pierrettes.

CHŒUR.

Air : *De Leycester.*

> Ah ! quel doux espoir !
> Nous allons donc voir
> Ce bal amusant
> Dont on parle tant ;
> Mon cœur bat déjà;
> S'il va
> Ce train-là,
> Quand il y sera,
> Comme il sautera!

TOUTES. Je te connais, je te connais, Corniquet.

MAD. FABRY, *à Corniquet.* Avez-vous perdu la tête de nous faire attendre ainsi ?

CORNIQUET. Oh ! pardon, femmes charmantes ! pardon !.. j'ai été un peu retardé par une volée de pierrots... mais à présent, je suis tout aux grâces... et aux pierrettes... *(A François.)* Sortez !.. garçon... garçon, sortez!

FRANÇOIS. Ah ! mon Dieu, monsieur, on est discret... on s'en va... *(A part.)* Ça m'a encore l'air d'un fameux jobard.

Il sort.

SCENE VI.

CORNIQUET, MAD. FABRY, et ses Demoiselles de Magasin.

CORNIQUET. Ah ! ça, mesdames !.. nous voilà chez nous... ce salon vous appartient en toute propriété... rendez-moi le plus fier des Corniquet qui aient jamais été... troupe énivrante, laissez-moi voir vos jolis visages en général... *(A mad. Fabry.)* et vous le vôtre en particulier.

MAD. FABRY, *se défendant.* Monsieur Corniquet.

CORNIQUET.

Air *de Doche.*

Démasquez-vous, *bis.*
Laissez-moi, femme trop cruelle,
Savourer vos regards si doux
Et les feux de votre prunelle...
   Démasquez-vous.

Démasquez-vous,   *bis.*
Car votre ravissant visage,
Voilé par un masque jaloux,
C'est le soleil sous un nuage...
   Démasquez-vous.

MAD. FABRY, *riant et ôtant son masque.* Comment résister à une pareille prière?

Les demoiselles se démasquent aussi.

CORNIQUET, *les regardant.* Que je suis heureux; mais c'est que tout le magasin s'y trouve... Bérénice, Mélina, Cornélie, Pholoé, Agathe, Aréthuse... Salut, essaim ravissant de blondes, de brunes et de châtaines.

TOUTES. Qu'il est galant!

CORNIQUET. Ah ! ça, est-ce que vous n'avez que moi pour cavalier, charmantes bayadères?

MÉLINA. Par exemple, je vais retrouver ici mon cousin Charles.

CORNÉLIE. Moi, mon cousin Rodolphe.

ARÉTHUSE. Moi, mon cousin Alvarès.

CORNIQUET. Alvarès, tiens... c'est donc un Portugais.

ARÉTHUSE. Non, c'est un apothicaire.

TOUTES, *riant*. Ah ! ah ! ah !

CORNIQUET, *riant*. Oh ! un amour d'apothicaire... quelle pillules !.. Dites donc, mam'selle Bérénice, est-ce que vous êtes toujours bousingotte ?

BÉRÉNICE. Je vous ai déjà prié, M. Corniquet, de ne pas m'appliquer cette *épictète*... je suis pour le mouvement, pour l'égalité, la fraternité et les droits de l'homme.

MAD. FABRY. Oh !.. mesdemoiselles, pas de politique.

CORNIQUET. Et votre prétendu, mademoiselle Mélina, ce jeune et intéressant inventeur des gants de Suède en peaux de lapins... que devient-il donc ?

MÉLINA. Ne m'en parlez pas, c'est une horreur d'homme.

ARÉTHUSE. Il la rend malheureuse comme une pierre !..

MÉLINA. Je t'en réponds.

Air : Un homme pour faire un tableau.

> Il est avar' qu'ça fait frémir,
> Jamais d'attentions, ma chère,
> Jamais vous n'le verrez m'offrir
> Un' pair' de gants, un verr' de bierre.
> Le premier janvier, l'croirait-on..
> Il osa m'donner pour étrenn's...
> Trois livres un quart de coton
> Pour lui tricoter des bas d'laine.

CORNIQUET. Alors, décidément, c'est un polisson.

SCENE VII.

Les Mêmes, ALBERT.

LES DEMOISELLES. Ah ! voilà M. Albert ! voilà M. Albert !

CORNIQUET. Eh ! bien, oui, le voilà, qu'est-ce que ça vous fait ?

MAD. FABRY. Albert, je vous attendais avec impatience...

ALBERT. Mais je vous prie de croire qu'il y a long-temps que j'étais au rendez-vous.

CORNIQUET. Comment ? au rendez-vous !

MAD. FABRY. M. Corniquet n'a pu me conduire ici plus tôt

allons, ne perdons pas de temps ; donnez-moi votre bras...
allons au bal !

TOUTES. Au bal ! au bal !.

CORNIQUET, *stupéfait.* Comment, au bal!.. c'est donc pour
M. Albert que je vous ai amenée ici... quand ce matin encore
j'ai composé pour vous le plus joli quatrain , que j'ai là sur
mon cœur... dans la poche de mon habit.

MAD. FABRY. Mon cher Corniquet... vous êtes si bon... si
complaisant...

CORNIQUET. Madame ! madame !.. cette plaisanterie-là est
de fort mauvais goût, car j'ai tout quitté pour vous accompa-
gner ce soir... une cousine charmante, avec un oncle et une
tante charmans... la plus noble famille du département de la
Seine-Inférieure.

MAD. FABRY, *l'air affligé.* Que ne me le disiez-vous donc !..

ALBERT. Allons, allons, madame partons !... sans adieu,
monsieur Corniquet.

MAD. FABRY ET LES DEMOISELLES. Au revoir, sultan Corniquet.

ALBERT , *riant.* Allez vite , retrouver la plus noble famille
du département de la Seine-Inférieure.

REPRISE DU CHŒUR.

Ah! quel doux espoir, etc.
Albert , madame Fabry et toutes les demoiselles sortent.

SCÈNE VIII.

CORNIQUET , *seul.* Damnation !.. dérision !.. malédiction!..
en voilà une qui est dure à avaler... une si jolie veuve, qui a
un si beau magasin... et moi, qui voulais m'élever par les femmes... il faut que je cherche une autre échelle... eh ! mais, l'é-
chelle, c'est ma cousine la Cauchoise, elle est bien élevée...
elle a été long-temps dans un pensionnat de Paris... le père
Labriche et Claudine Labriche , sa femme, lui donneront une
bonne dot... je l'épouse, je touche la dot, je renvoie mes paysans de parens dans leur village; ma femme se met à la
dernière mode , et ça me va très bien... (*On entend de gros
rires dans la coulisse, allant au fond.*) Ah! mon Dieu... qu'est-ce
que j'entends là?.. c'est ma cauchoise de famille!

SCÈNE IX.

CORNIQUET, JÉROME LABRICHE, CLAUDINE, CLAIRE,
ensuite deux Garçons traiteurs.

JÉROME, CLAUDINE et CLAIRE, *entrant.*

Air *de M. Ad. Adam.*

A chaque pas, à Paris,
On voit des merveilles ;

> Il faudrait dans ce pays
> Cent yeux, cent oreilles.
> Tra la, la, la, la, la,
> Tra la, la, la, la, la, laire, etc.

CORNIQUET, *à part.* Que le diable vous emporte avec vos *tra la, la, la!*

JÉROME. Eh mordié! c'est notr' neveu Corniquet!.. En v'là un bonheur!..

CORNIQUET. Qu'est-ce qui vous amène ici?

JÉROME. C'est l'hasard! garçon... l'hasard tout pur...

CORNIQUET. Vous n'avez donc pas été voir *Latude?*

JÉROME. J'en r'venons d' voir M. *Latude,* à la Gaîté... V'là que tout à coup, en descendant l' boul'vart, nous nous trouvons au milieu d'un tas d' farceurs, avec des habits et des figures de toutes sortes, qui entraient chez l' voisin...

CLAUDINE J' demande c' que c'est... on me dit que c'est le bal des Variétés...faut voir ça! que j' m'écrie...et j'entrons sous un grand *vestribule,* où c' qu'on nous donne pour quinze francs, ces trois morceaux de carton.

JÉROME. Ton M. *Latude,* ne nous avait pas donné à souper... j'entends qu'on soupe par ici, et nous v'là...

CLAUDINE. Nous v'là!..

CORNIQUET. Je vois bien que vous voilà... et avec ma jolie cousine, qui m'est plus chère que jamais... (*A part*) Comment diable m'en débarrasser!..

JÉROME. Allons, mon beau blond... il faut l'égayer ta jolie cousine... tu croyais t'amuser ici, tout seul, en sournois? mais j' sommes venus à Paris en carnaval, et j' voulons m'en donner. (*Frappant sur son gousset.*) Les noyaux ne manquent pas... en avant la ribotte!..

CORNIQUET. La ribotte! vous allez peut-être faire ribotter ma future, père inconséquent!

En ce moment, deux garçons servent le souper sur la table à droite.

JÉROME, *flairant.* Hum... quelle odeur! c'est un vrai baume.

CORNIQUET. *à part.* Oh! là là, mon souper qu'on apporte... s'ils découvraient que c'est pour moi, et que je suis en partie fine, adieu mon mariage...

JÉROME, *regardant le souper.* Qu'est-ce que c'est que ça?

CORNIQUET. Allons, allons, mon digne oncle, donnez le bras à ma digne tante, laissons le souper à droite et tournons à gauche... je vas vous reconduire à votre hôtel garni.

JÉROME. Mais, qu'est-ce qui va manger tout ça?

CORNIQUET. Ne vous inquiétez pas... tout ça se mangera... allons, au garni, au garni!

SCÈNE X.

Les Mêmes, FRANÇOIS, *entrant par le fond et portant un dindon rôti sur un plat ; il est poursuivi par les pierrots de la bande d'Anténor, ensuite* **DIDIER** *et* **ANTÉNOR.**

LES PIERROTS. A nous, le dindon! à nous, le dindon!

FRANÇOIS, *se débattant au milieu d'eux*. Voulez-vous bien finir? quand on vous dit que le dindon est retenu... (*Apercevant Corniquet.*) Eh! tenez v'là le propriétaire de l'animal...

JÉROME. Quoi qu'il dit donc, celui-là?

CORNIQUET, *à part*. Garçon stupide, va...

FRANÇOIS. Oui! c'est pour lui et des jeunes dames; même qu'il a tout payé d'avance.

LES PIERROTS. Ah! ah! c'est une partie fine.

CORNIQUET, *à part, montrant le garçon*. Je te donnerai pour boire, à toi...

JÉROME, *à Corniquet*. Comment... tu soupes avec des dames?

CLAUDINE. Et en partie fine?..

CLAIRE. C'est une horreur!..

LES PIERROTS. Oui, oui... c'est une horreur!..

CORNIQUET. Du tout, je ne soupe pas, mère Labriche... on calomnie mon cœur et mon estomac... c'est une farce de carnaval... (*Voulant les entraîner.*) Au garni! au garni!

ANTÉNOR, *entrant par le fond*. Eh bien! eh bien! qu'est ce qu'il y a donc par ici?

CORNIQUET, *à part*. Dieu! c'est mon Méphistophélès! .

ANTÉNOR. Eh mais, c'est mon ami Corniquet... mon excellent Corniquet... mon chérubin de Corniquet!..

CORNIQUET, *voulant toujours s'éloigner avec ses parens*. Au garni! au garni!

ANTÉNOR, *saisissant Corniquet par le bras*. Messieurs, je vous présente les *Deux-Magots* dans la personne de M. Corniquet. (*Il l'embrasse de force.*) Ce cher Corniquet!..

CORNIQUET, *se débattant*. Pierrot... vous m'étouffez! (*A Jérôme.*) Au garni! au garni!..

JÉROME. Minute... minute... tout ça n'est pas clair... j' voulons savoir pour qui qu'est le souper...

CLAUDINE. Oui... pour qui qu'est l' souper?..

CORNIQUET, *à part.* Ma situation est infernale... (*Bas à Anténor.*) Pierrot, une fois seulement, rends-moi un service... un grand service!.. dis que ce souper est pour toi. .

ANTÉNOR, *à part.* Tiens! qu'est-ce qu'il a donc? (*Haut.*) Bien volontiers, mon cher ami.

JÉROME, *à Corniquet.* Mais réponds donc... pour qui qu'est le souper?

ANTÉNOR, *à Jérôme.* Eh! gros cauchois... c'est pour moi et mes amis.

CORNIQUET, Merci, pierrot.

ANTÉNOR. Mon ami Corniquet l'a commandé à notre intention.

CORNIQUET, *à demi voix.* Non pas, non pas!

ANTÉNOR. Si fait, si fait!

JÉROME. Alors, c'est autre chose!

CORNIQUET, *à part.* Et je ne peux rien dire! (*Haut.*) Eh bien! êtes-vous content, mon oncle?

ANTÉNOR, *montrant Jérôme.* Votre oncle! c'est votre oncle... Ah! c'te tête!

TOUS LES AUTRES PAILLASSES. C'te tête!..

CORNIQUET, *à part.* Dieu! qu'est-ce que j'ai dit là? il va m'empoigner sur ma famille, à présent .. Ah! quelle idée!.. (*Haut à Anténor.*) C'te tête... c'te tête... vous avez un air... c'est un préfet déguisé.

ANTÉNOR. Un préfet! (*Montrant Jérôme aux pierrots.*) Dites donc... c'est un préfet déguisé... avec sa famille... la petite est jolie... je disais aussi...

Il va faire des saluts à Claire et à Claudine.

CORNIQUET, *à part.* C'est ça... c'est ça... donne là-dedans... usurpateur de soupers... patauge... patauge!..

ANTÉNOR, *à Jérôme.* Cauchois, voulez-vous être des nôtres?

JÉROME Si je l' voulons... avec not' femme et not' fille.

ANTÉNOR, *donnant la main à Claudine et à Claire.* Ces dames nous feront beaucoup d'honneur...

Il les fait placer.

CORNIQUET, *retenant Anténor.* Eh bien, est-ce que vous allez le manger... mon souper?

ANTÉNOR. Je le crois bien.

CORNIQUET. Comment! à mon nez et à ma barbe...

ANTÉNOR. Parbleu!

CORNIQUET. Mais je l'ai payé...

ANTÉNOR. Raison de plus.

CORNIQUET. Ah! goinfre, va!

CHŒUR *à table.*

Air : *d'Hypolite Monpou.*

Amis, à cette table,
Un souper délectable,
Vient de nous être offert,
Puvons, trinquons ensemble.
Le plaisir nous rassemble
A ce joyeux couvert.

Anténor, les pierrots et la famille Labriche se
mettent à table , Corniquet veut faire comme
eux, mais Anténor et les pierrots le repoussent.

CORNIQUET. Etes-vous content, mon oncle? (*Aux autres.*) Au moins, faites-moi un peu de place...

TOUS. Il n'y a plus de place.

CORNIQUET. Il faut que je mange debout... c'est gentil!.. Voyons, donnez-moi quelque chose... une cuisse...une aile de la bête...

ANTÉNOR. Il ne reste qu'une patte...

Il la lui présente.

CORNIQUET, *exaspéré.* Voulez-vous bien garder votre patte...

Reprise du chœur.

Amis à cette table , etc.

TOUS. Vive Corniquet !.. vive Corniquet !

CORNIQUET. Vive Corniquet!.. vive Corniquet!.. ah, ça... de quoi voulez-vous qu'il vive Corniquet? je n'ai pas goûté un cornichon... (*Descendant la scène.*) Je ne sais pas si tout le monde est comme moi , mais je n'aime pas les pierrots... bande rapace, va... dévore mes oreilles farcies... engloutis mes pieds de cochon... je te souhaite une effroyable indigestion... Dieu! si je pouvais me venger... trouver une victime... une bonne boule...

DIDIER, *se levant et allant à Corniquet d'un air goguenard.* Monsieur ne prend rien... serait-il malade?

CORNIQUET. C'est bon... c'est bon... farceur. (*Le regardant.*) Ah! bien, par exemple! je tiens la boule demandée... Ecoutez donc, monsieur... Ah! vous en avez un soigné...

DIDIER, *sérieusement.* Un quoi?

CORNIQUET, *à part.* Oh! il demande un quoi! (*Haut.*) Vous pouvez dire : j'en possède un soigné... Tenez, je vas faire un tour au bal... prêtez-le-moi, je ne vous l'abîmerai pas... foi de Corniquet...

DIDIER, *idem.* Monsieur me fait l'honneur de me demander?..

CORNIQUET, *montrant le nez de Didier.* Ça... ça...

DIDIER, *surpris.* Quoi, ça?

CORNIQUET, *à part.* C'est drôle! il n'a pas le nez fin... (*Haut.*) Mais votre postiche, mon brave homme... votre magnifique aquilin postiche...

DIDIER, *lui donnant un soufflet.* Insolent!..

TOUS, *se retournant.* Qu'est-ce que c'est? qu'arrive-t-il?

CORNIQUET. Rien! rien!.. c'est moi qui frappe dans mes mains... (*Bas à Didier.*) Monsieur, j'espère que vous avez trop de délicatesse pour me démentir... Ça ne se passera pas comme ça...

DIDIER, *lui donnant sa carte.* Comme vous voudrez, monsieur.

CORNIQUET. Allez, monsieur, c'est indigne du nez que vous portez. (*Lisant la carte.*) Didier, maître en fait d'armes. (*A part.*) Maître en fait d'armes!.. j'ai été trop loin... (*A Didier.*) Monsieur, monsieur... mon soufflet vous déshonore... Ah! vous êtes maître, eh bien, ça m'est égal...

DIDIER. Marchons, monsieur.

CORNIQUET. Du tout...vous me donnerez six mois de leçons, et nous nous battrons dès que vous m'aurez appris à tuer mon homme... (*Se frottant la joue.*) En voilà une défaite!

On entend la musique au dehors.

JÉROME, *se mettant en train.* Qu'est-ce que j'entends là?..

ANTÉNOR. Eh! c'est le bal des Variétés, c'est l'orchestre de Tolbecque.

JÉROME. Oh! d'la danse! j'ai des frémis dans les jambes... faut que j' saute, tant pire...

CLAUDINE. Moi aussi, et notr' fille tout de même, et toi donc Corniquet.

CORNIQUET, *revenant avec une assiette et une carcasse de dindon qu'il a prises pendant que les garçons enlevaient la table.* Mais du tout! je ne danse pas; plus souventque je vas remuer les jambes quand j'ai l'estomac dans les talons.

JÉROME. Je voulons l' voir, c' fameux bal des Variétés... j'y danserais sur la tête...

CLAUDINE. Et le galop de Paris, dont on parle tant cheux nous... j' voulons galoper...

CORNIQUET, *mettant son couvert sur un tabouret.* Bien, bien... voilà du nouveau... mais, tante respectable... est-ce qu'on galoppe avec un embonpoint comme le vôtre...

CLAUDINE. J' voulons galoper que je te dis.

CHŒUR.

Air d'Amédée de Beauplan.

C'est le galop!.. le galop!
Qui fait ici tout' mon envie,

> Vite au galop!
> Aussitôt,
> Par lui, je serai rajeunie...
> Oui, cette danse est à mon gré,
> Au villag, j' la rapporterai,
> A tous nos voisins j' l'apprendrai,

A Corniquet.

> Mon neveu, cher neveu, faut me fair' galoper
> Je te tiens, je te tiens... tu ne peux m'échapper.

CHŒUR.

> C'est le galop!.. le galop, etc.

Claudine sort en galopant avec Jérôme, suivie de Claire, à qui Anténor donne le bras. Tout le monde sort, excepté Corniquet.

SCENE XI. 

CORNIQUET, *seul, mangeant avec avidité.*

C'est bien dur!.. avoir payé tout un repas et n'avoir que ça à se mettre sous la dent... Ah! quelle idée! si je me travestissais comme ces farceurs-là... je les intriguerais à faire frémir... c'est dit; je m'en vas trouver M. Sanctus, le costumier du bal des Variétés, il me donnera ce qu'il y a de mieux dans son magasin... un costume espagnol... et j' vas les intriguer à mon tour... (*Regardant par le fond.*) Voilà *la Frileuse* qui revient... je vas l'intriguer aussi. .

SCENE XII.

ALBERT, MAD. FABRY, *entrant vivement.*

MAD. FABRY. Comment, monsieur, c'est elle!

ALBERT. Oui, madame, c'est elle; cette jeune fille déguisée en cauchoise, que nous venons de rencontrer au bras d'Anténor...

MAD. FABRY. Ah! c'est là cette jeune pensionnaire, dont monsieur m'a si souvent parlé.

ALBERT. Oui, madame; Anténor vient de me dire à l'oreille, qu'elle est fille d'un préfet déguisé, je n'y comprends rien; mais, il va la ramener ici... (*Hésitant.*) Et jugez de mon embarras.

MAD. FABRY. De votre embarras, je conçois... je conçois... c'est peut-être moi qui vous embarrasse; rassurez vous, Albert, je sais quels sont les droits d'un premier amour.

ALBERT. Que dites-vous?

MAD. FABRY.

Air de la Somnambule.

Elle vous charma la première...
Et reparaît avec tous ses attraits ,
    Votre cœur appartient à Claire...
Je ne dois plus y penser désormais ;
    Convenenez-en , tout, je le gage,
Irait bien mieux dans la société...
Si chaque femme imitait mon langage
Et mon respect pour la propriété.

ALBERT. Comment, madame ; vous ne m'en voudriez pas, de l'amour que j'ai pour Claire.

MAD. FABRY. Vous en vouloir... oh ! non... je suis bonne et je veux vous servir au contraire.

ALBERT.

Air du Courtisan dans l'embarras.

Ah ! vraiment mon ame est ravie !..
MAD. FABRY.
Allons, cher Albert, calmez-vous.
ALBERT , *avec feu.*
Plus que vous l'on n'est pas jolie.
MAD. FABRY.
Votre Claire a les yeux si deux.
ALBERT.
Oui, je chéris son innocence !
Mais, vous, quel naturel heureux...
Je ne sais plus en conscience ,
Qui de vous deux j'aime le mieux.

MAD. FABRY, *riant.* Je vous remercie, mais je crois le savoir... tenez, la voilà...

SCENE XIII.

Les Mêmes, ANTÉNOR, CLAIRE.

ANTÉNOR , *donnant le bras à Claire.* Soyez tranquille, mademoiselle... vous êtes en pays de connaissance.

MAD. FABRY, *vivement.* Oui, mademoiselle , tout ce qui vous entoure ici, s'intéresse vivement à vous... je suis l'amie de M. Albert... qui vous aime et que vous aimez...

CLAIRE. Madame...

MAD. FABRY. Vous pouvez vous fier à moi... au bal, et au bal masqué, surtout, les intrigues et les amours vont très vite... répondez-moi donc... vous êtes libre, n'est-ce pas ?

CLAIRE, *tristement.* Hélas! non, madame, je suis fiancée à mon cousin Corniquet.

ANTÉNOR. Quoi, cet imbécille?.. je m'y oppose, morbleu!.. une si jolie femme à l'un des *deux Magots.*

MAD. FABRY. Voyons... pour épouser M. Corniquet, vous êtes trop jolie et trop bien élevée.

CLAIRE, *vivement.* Oui, madame.

MAD. FABRY. Et vous y aviez consenti, parce que vous n'aviez pas revu M. Albert.

CLAIRE, *baissant les yeux.* Je crois que oui, madame.

MAD FABRY. Eh bien! aujourd'hui même...

Air : Eh ! ma mère est-ce que j' sais ça.

> Vous direz à votre père,
> Que loin d'être à votre gré,
> Corniquet ne peut vous plaire !
> CLAIRE vivement.
> Madame, je le dirai.
> ANTÉNOR, gaîment.
> Vous direz, osant poursuivre,
> S'il vous épousait hélas ;
> Tout ce qui pourrait s'en suivre...
>
> CLAIRE, vivement.
>
> Oh ! je ne le dirai pas.

ANTÉNOR. C'est que vous ne connaissez pas encore ce Corniquet.

MAD. FABRY. Il me courtisait aussi.

ANTÉNOR. Ce gaillard-là a donc tous les ridicules ? c'est bien le sot le plus orgueilleux... d'après ce qu'il avait dit, je croyais mademoiselle la fille d'un préfet.

CLAIRE Je ne suis que la fille d'un riche fermier.

ANTÉNOR. C'est bien assez.

ALBERT. Certainement.

Air de la Robe et des Bottes.

> Qu'importe les titres et les places !
> Pour se montrer avec honneur,
> Quand on a vu dans les plus hautes classes
> Tant d'hommes manquer par le cœur.
> Il s'agit bien de rang et de naissance !
> Non, maintenant, qu'ils soient petits ou grands,
> En fait de nobles, dans la France,
> Je ne connais que les honnêtes gens.

ANTÉNOR C'est cela, donnons la main aux honnêtes gens !.. n'est-ce pas Albert , et moquons-nous des sots , à commencer par cet imbécille de Corniquet, qui a voulu nous prendre pour dupes ; ça crie vengeance... je veux lui jouer un tour, mais un tour... (*Frappé d'une idée.*) Ah ! j'y suis !.. voilà mon homme , je tiens l'espoir de mon carnaval.

TOUS Expliquez-vous !

ANTÉNOR, *riant et à l'oreille de Mad. Fabry.* Ah!.. ce sera impayable.

MAD. FABRY. Ça sera charmant !...

ANTÉNOR, *à Albert.* Tu sais, qu'en arrivant, je t'ai parlé d'un... mais non.. non... pas un mot... vous verrez.

A Claire.

Air : *Du Dieu et de la Bayadère.*
Comptez sur moi ma belle.
MAD. FABRY.
Croyez bien à mon zèle.
ANTÉNOR , *à Albert et à Claire.*
Tout ira bien pour vous.
ALBERT et CLAIRE.
Que cet espoir est doux!
ANTÉNOR
Mais il faut du silence.
MAD. FABRY.
Surtout de la prudence
ANTÉNOR.
L'hymen vous unira.
ALBERT.
Que n'y suis-je déjà.

ENSEMBLE.

Ah ! quel moment prospère !
Quel espoir enchanteur !
Oui, cette nuit va faire,
    leur
Peut-être son bonheur.
    mon

Albert baise la main de Claire, Corniquet entre par le fond et les surprend.

SCENE XIV.

Les Mêmes, CORNIQUET, *revenant déguisé en espagnol, avec un nez.*

CORNIQUET *s'arrêtant.* Que vois-je?... comment... c'est celle-là, à présent ? mais c'est donc un accapareur de femmes... Alors qu'il se fasse Turc. Fais-toi turc!...

Suite de l'air.

Redoutez ma furie!
ALBERT.
Quelle plaisanterie

Ne pourrais-je attraper,
Ni femme, ni souper?

ENSEMBLE.

(*à Albert*). J'étouffe de colère,
Infâme séducteur,
Que suis-je venu faire
A ce bal de malheur.

Ah ! quel moment prospère, etc., etc.

CORNIQUET *à Claire.* N'êtes-vous pas honteuse, Mademoi-selle;.. vous laisser baiser les mains, pendant que j'ai votre mère sur les bras.

ANTÉNOR, *riant.* Ah ! ah ! ah !.. ce pauvre Corniquet !

MAD. FABRY, *bas à Anténor.* Dans l'intérêt de la petite, je vais dire comme lui. (*Haut.*) il a raison, c'est une infamie...

CORNIQUET. N'est-ce pas.., (*A part.*) Tiens ! comme elle me regarde, à présent, *la Frileuse.*

CLAIRE, *à Corniquet.* Et ma mère, et mon père !.. qu'en avez-vous fait, monsieur?

CORNIQUET. Ils sont aux prises avec une bande de paillasses qui se moquaient d'eux ; votre père leur distribue d'effroya-bles torgnoles...

CLAIRE. Est-il possible !.. et vous l'avez quitté?..

CORNIQUET. Avec le plus grand empressement.

CLAIRE. L'abandonner ainsi!..

ANTÉNOR *riant.* Un préfet aux prises avec des paillasses !...

CORNIQUET *faisant le geste de taper.* Ça se trouve bien... il administre...

CLAIRE. C'est affreux, Monsieur.

ANTÉNOR *et* **ALBERT.** Oui... c'est affreux !

ALBERT *vivement.* Venez... venez, Mademoiselle.

ENSEMBLE.

Air *de Fernand Cortez.*

Courons, (*ter*)
Calmez-vous, belle
Demoiselle,
Courons, (*ter*)
Nous les ramènerons.

Courons, etc,

CLAIRE.

Courons , (ter)

Oui , leur querelle

Nous appelle ,

Courons, (ter)

Nous les ramènerons.

CORNIQUET, et MAD. FABRY.

Courez, (ter)

Oui, leur querelle

Vous appelle,

Courez, (ter)

Vous les ramènerez.

Albert donnant le bras à Claire , sort précipitamment suivi d'Anténor.

SCENE XV.

Mad. FABRY, CORNIQUET.

CORNIQUET *à la porte.* C'est çà, c'est ça... courez... courez... ça m'est bien égal!... J'en reviens à ma jolie *Frileuse...* à ma première échelle!...

MAD. FABRY *à part.* A nous deux maintenant. (*Haut, en feignant de se désoler.*) Que je suis donc malheureuse d'avoir préféré cet étourdi d'Albert à cet estimable Corniquet!

CORNIQUET *se retournant.* C'est que c'est très flatteur, ce qu'elle dit là, la *Frileuse.*

MAD. FABRY *avec regret.* Qu'il était aimable!... qu'il était bien !

CORNIQUET. Tiens... tiens... tiens... comme elle apprécie mon physique à présent.

MAD. FABRY. Ah ! s'il pouvait revenir.

CORNIQUET, *se présentant vivement.* Il est revenu.

MAD. FABRY. Vous étiez là ?

CORNIQUET. Mes oreilles ont tout entendu... séduisante Frileuse... Écoutez, vous me faites éprouver, depuis ce soir, des alternatives qui m'agacent les nerfs... Vous me ballottez comme une étoffe passée de mode... il est temps que ça finisse... Oubliez le volage commis, et je mets à vos pieds, mon cœur, ma main et ma demi-aune.

MAD. FABRY, Que vous êtes pressant!

CORNIQUET. C'est que je suis pressé...

MAD. FABRY. Quoi! vous renonceriez pour moi à votre cousine!

CORNIQUET *vivement.* A quatre-vingts cousines.

MAD. FABRY *avec mystère.* Eh bien! songez à cette promesse...
Tout à l'heure, un domino rose, masqué, viendra vous prendre
le bras et la réclamer.

CORNIQUET. Ce sera vous!... (*à part.*) Elle est à moi!... J'ai
retrouvé mon échelle. (*Remontant la scène.*) Ah! je voulais
vous demander. (*Ritournelle et cris.*) Allons, pas moyen d'être
seul un instant... mais ce salon particulier est dont public.
(*En ce moment, un gros singe s'élance sur une table près de Corniquet.*) Qu'est-ce que c'est que ça?.. A la bonne heure au moins
en voilà un qui est alerte!..

<h1 style="text-align:center">SCÈNE XVI.</h1>

Les Mêmes, Le SINGE, JÉROME, CLAUDINE, CLAIRE et
Les Demoiselles de boutiques, La Bande de Paillasses, *puis*
ANTÉNOR.

CHŒUR.

Air : *Que Pantin serait content.*

Venez tous, c'est étonnant!..
La merveille
Est sans pareille!
Pour nous quel amusement,
Ce singe est vraiment
Charmant!

JÉROME, CLAUDINE *et* CLAIRE.

D'où vient cet attroupement?
O merveille !
Sans pareille,
Pour nous quel étonnement
Ce singe est vraiment
Charment !

Pendant le chœur, le singe fait des gambades, etc.

Apercevant le singe.

JÉROME, *le regardant.* Que beau masque.

CORNIQUET. C'est qu'il est très bien costumé, cet animal-là.

ANTÉNOR, *accourant par le fond.* Où est il? où est-il?.. il vient
de m'échapper... Ah! le voici... (*Bas à madame Fabry*). C'est
mon vrai singe... mon superbe orang-outang, comme je vous
l'ai dit tout à l'heure...

MAD. FABRY, *riant.* Ah!.. ah!.. l'excellente plaisanterie.

CORNIQUET, *riant, et à ceux qui l'entourent.* Attendez!.. attendez.... je vais savoir ce qui en est.... (*s'approchant du singe*)
Voyons, es-tu un véritable singe? Si tu es un véritable singe,

dis-le. (*Il se retourne vers les autres.*) Elle est bonne, celle-là.
Le singe lui jette à terre sa toque d'Espagnol.

TOUS, *riant.* Ah! ah! ah! ah!

CORNIQUET. Il est fort gai... (*Le singe lui saute sur les épau-les*) Eh bien!... il est très léger... très léger...

MAD. FABRY, *bas à Corniquet.* Défiez-vous... je soupçonne que ce singe est Albert.
Elle se perd dans la foule.

CORNIQUET. Mon rival, mon odieux rival!.. je le porte sur mes épaules : (*Au singe*) Veux-tu bien descendre... person-nage en bête... et embêtant... Allons, monsieur Albert, des-cendez de moi, ou je vous jette par terre.
Le singe saute à terre, après avoir pris dans la poche de Corniquet des papiers qu'il jette, et que Jérôme ramasse.

ANTÉNOR. Quel dommage, il était si bien là pour la parade!

CORNIQUET. Est-ce que vous me prenez pour un tréteau?

ANTÉNOR. Attention, messieurs!..

CORNIQUET. Attention vous-même.... (*Montrant le singe qui s'approche.*) Ah ça!.. Est-ce qu'il va recommencer? Pas sur moi... sur mon oncle Labriche.
Le singe saute par-dessus Corniquet et lui enlève son toupet.

TOUS, *riant.* Ah! la bonne tête!

CORNIQUET. C'est une indignité. M. Albert, rendez-moi mon toupet. (*Courant après lui.*) M. Albert, tu n'es qu'un voleur... un brigand... un bédouin... à moi, le commissaire de police... la garde municipale... les sergens de ville... scélérat d'Albert!

SCÈNE XVII.

Les Mêmes. ALBERT, *entrant par le fond.*

ALBERT. Que me veut-on? me voilà.

CORNIQUET *et tous les autres:* Albert!..

CORNIQUET, *montrant le singe.* Quel est donc cet autre ani-mal... est-ce que ça serait un singe au naturel?

ANTÉNOR, *déclamant.* Devine si tu peux, et choisis si tu l'oses.
Allons, suis-moi, Coco.
Le singe donne une tape à Corniquet et sort en gambadant, avec Anténor.

CHŒUR, *se moquant de Corniquet.*

Air : *Accourez tous, venez m'attendre.* (Philtre).

Cet animal, par son adresse ,
S'est moqué d'un autre animal;

Honneur, honneur à sa souplesse ,
C'est un bon tour de carnaval...
Les paillasses, les pierrots et d'autres masques sortent.

SCENE XVIII.

ALBERT, CORNIQUET, JÉROME, CLAUDINE, CLAIRE,
puis ANTÉNOR *et un* DOMINO ROSE *masqué.*

JÉROME, *après avoir parcouru un des papiers qu'il a ramassés.* Ah!
ça, neveu, me diras-tu quel est ce papier que le singe t'a pris?

CORNIQUET, *à part.* Mon quatrain à madame Fabry!...
(*Haut.*) Père Labriche... c'est...

JÉROME, *lisant,* Déclaration à une veuve que j'idolâtre.

CLAUDINE. Ah!.. mauvais sujet... tu fais des déclarations
aux veuves... quand notre fille est demoiselle.

CORNIQUET, *se croisant les bras.* Allez... allez... j'aurai mon
tour, ma Frileuse va venir.

JÉROME. Et tu te laisses mystifier par tout le monde... bêtes
et gens.

CORNIQUET. Allez toujours.

JÉROME, *montrant Albert.* Nous qui, pour toi, aurions refusé
not' petite Claire à c' bon jeune homme qui nous en parlait encore tout à l'heure...

CLAUDINE. Et qui l'aime depuis un an...

CORNIQUET. Bon!.. bon!.. je mange mon frein...

JÉROME. Et qui doit mieux lui plaire que toi.

CLAIRE. Certainement... un vaniteux qui nous donnait pour
une famille de préfet.

JÉROME *et* CLAUDINE. Tu nous faisais passer pour des masques!

Dans ce moment un domino rose suivi d'Anténor, qui lui fait des signes ,
passe son bras sous celui de Corniquet.

CORNIQUET, *à part.* Ah! enfin... mon tour est arrivé... je tiens
mon domino rose... ma Frileuse...

JÉROME. Tu ne réponds rien?..

CORNIQUET, *poussé à bout.* Retournez à votre charrue... et
que Dieu vous bénisse.

JÉROME. Tu n'auras pas ma fille...

CLAUDINE. Non, tu ne l'auras pas!..

CORNIQUET, *vivement.* Eh! pardi... vous m'attrappez joli-
ment... mais je n'en veux pas de votre fille... je la refuse com-
plètement, votre fille... j'ai mieux qu'elle sous le bras... j'é-

pouse un magasin superbe... dans la personne de sa superbe propriétaire... La voilà, cette femme charmante... avec elle, je vais filer des jours d'or et de bourre de soie... et l'union des *deux Magots* et de la *Frileuse* produira la plus belle génération.

JÉROME, *furieux, veut s'élancer sur Corniquet. Les voisins le retiennent.* Laissez-moi donc lui casser quelque chose.

CORNIQUET. Vous ne me casserez rien du tout... paysan...

On entend l'orchestre du bal.

ANTÉNOR. Au bal!... au bal!... la grande course va commencer.

CORNIQUET *au domino qu'il a sous le bras.* Allons, mon inséparable... Laissons ces paysans et courons former la grande chaîne... en attendant celle de l'hymen.

TOUS *se précipitant au-dehors.*

Air : *de Sophie Arnould.*

Courons vite au bal,

La grande course commence,

Chacun s'élance,

Car voici du bal

L'instant le plus original.

Courons vite au bal, etc.

*Tout le monde sort par le fond ; Corniquet en
dernier donnant le bras au domino rose.*

FIN DU PREMIER ACTE.

ACTE II.

La décoration change, et l'on voit le Théâtre des Variétés décoré pour le bal *. Ce tableau présente l'aspect le plus vif et le plus animé; on aperçoit une foule de masques de toute espèce. Le bal est dans tout son éclat. Il est quatre heures du matin. L'orchestre joue un galop, on se mêle, on se presse, on s'agite, on rit.

SCÈNE XIX.

Tous les Masques, ALBERT, JÉROME, CLAUDINE, CLAIRE, ANTÉNOR, *entrant à la suite de* CORNIQUET *qui donne le bras à son domino rose, masqué et qui cherche à percer la foule,* puis MAD. FABRY.

CORNIQUET. Place!... place, Messieurs... C'est pour une dame... respect aux dames !

ANTÉNOR, *le suivant.* Place !.. place à M. Corniquet !...

CORNIQUET. Pierrot, je n'ai pas besoin de vous... Ah ça, est-ce que vous allez nous suivre comme ça toute la nuit ?

ANTÉNOR. Je connais la personne qui t'accompagne.

CORNIQUET. C'est possible, Pierrot, mais ça ne te regarde pas.

ANTÉNOR. Ça ne me regarde pas... J'ai des droits sur elle. (*Il saisit le bras du domino qui s'agite.*)

CORNIQUET. Toi!... Veux-tu bien lâcher.

Ici Albert, Jérôme, Claudine et Claire se rapprochent
ainsi que tous les masques.

TOUS LES QUATRE. Qu'est-ce que c'est ?... Qu'arrive-t-il ?

CORNIQUET *à Anténor.* C'en est trop... Je veux qu'ils soient tous témoins de ta mystification et de ma félicité... (*Au domino*). Madame, permettez-moi de le confondre en lui faisant voir vos jolis traits. (*Il démasque le domino, et l'on voit la figure du singe, qui lui fait la grimace en lui montrant les dents.*) Dieu!... le singe !...

TOUS. Le singe !...

CORNIQUET. Ma femme était une... Oh !

* Cette décoration, d'un grand effet, est due au pinceau de M. Dumay.

MAD FABRY, *masquée paraissant*. Je te fais mon compliment, Corniquet...

TOUS, *riant*. Je te fais mon compliment, Corniquet!

CORNIQUET. Allez à tous les diables! vous, le singe... mon oncle, les pierrots, la frileuse et tous les bals masqués. (*S'avançant et au public.*) Car enfin, qu'est-ce que c'est qu'un bal masqué? une suite de tribulations déplorables... on arrive gai comme pinson... on est plumé par des pierrots! on commande un souper... une dinde truffée idéale... une dinde monstre... on n'en a que la patte... on amène deux dames... il vous reste une... je ne dirai pas le mot. (*Avec exaltation.*) Aussi, moi, voyez-vous, les bals masqués, je les maudis, je les abomine. Eh bien, oui... je les maudis... je les abomine... mais j'y reviendrai demain... et vous aussi, messieurs, vous y reviendrez au bal... mais ici... d'abord il n'y a qu'au bal des Variétés que vous trouverez cette danse artistique qui est vraiment délirante, ce n'est pas ça... (*Geste du danseur de salon.*) C'est ça... (*Geste du cancan.*) C'est très gracieux... comment appellent-t-ils donc cette charmante danse... le... non ce n'est pas le... c'est la... la cancanière... au reste, vous allez voir... on va la danser...

TOUS. La contredanse!..

CHŒUR GÉNÉRAL

Air *de Festeau.*

Vive le bal des Variétés!
A sa folie,
On se rallie!
Et l'on accourt de tous côtés
Au joli bal des Variétés!

Tout le monde se met en place; on danse quelques figures, terminés par un galop général. — Le rideau baisse sur ce dernier tableau.

FIN.